舞伎家的料理人

2

小山愛子 著
丁世佳 譯

前情提要

這裡是京都的市中心。舞伎們
在叫做「屋形」的家裡共同生活。
中學畢業之後，清依想當舞伎，
從故鄉青森來到京都。
她很快就被告知當不成舞伎。
就在此時，屋形煮飯的阿姨病倒了。
清依憑著在故鄉
從阿嬤那裡學到的做菜手藝，
取而代之成了屋形的料理人。

登場人物

清依

在京都市中心祇園花街的屋形當料理人的十六歲少女。

小菫

清依的閨蜜，跟清依一起從青森到京都，想當舞伎。

市家的媽媽

清依工作的屋形「市」的媽媽。

阿姨

前任廚娘，因為腰受傷辭職了。

目　錄

第9話 ✿ 清依和小堇

哎呀，今晚的限時拍賣真是……
完美的補貨。
搖搖
晃晃
就好像知道我們的冰箱缺了什麼呢。
清依小姐。
晃晃
搖搖
採購嗎？辛苦了。
警察先生。
小心腳下。
謝謝。

校外旅行啊。
那套制服跟我中學的有點像。
不久之前還穿著的，但感覺已經好久了。
ザワ
來了！舞伎小姐。

啊，
是小菫。

呼！
どさっ
咚
好了，冰箱裝滿了。
這樣就可以安心了。
清依。
小堇。
好難得，這個時候妳在屋形裡。不用送姐姐們嗎？
嗯。今晚晚點，媽媽叫我去找她。

我們好久沒聊天了。
雖然總是能見面，但沒有機會說話。
妳是不是瘦了？是不是沒有休息？
確實沒怎麼睡，但也不想睡。
像人家這樣，還在見習的身分，要抓住每個機會好好學習。
大家都睡覺的時候，正是好機會，所以不能睡。
這也是沒辦法的事。不好好努力，我自己心裡過不去。
時間到了。我去媽媽那裡。
嗯。

清依!!清依 出大事了!!
怎麼辦，怎麼辦啊！
握
那個，人家啊，人家啊……
師傅說，我可以正式亮相了，
我要出道成為舞伎了!!

啊啊，真的，終於走到這一步了!!
人家終於要成為舞伎了！

恭喜妳！
太棒了，太棒了，小堇。
恭喜!!
緊抱
謝謝妳……

對了！
昨天我用零用錢買了布丁，兩個人一起慶祝吧。
好嗎？
嗯，好啊。
那我先去洗手。
嗯。
チェリー
豪華布丁
（加很多鮮奶油宴會版布丁。）
嗯？小菫好慢啊。

唰—
啪啪
清依，妳看著吧，
我，一定會成為花街第一的舞伎。

小山家的
私房料理
其1

豪華布丁

用橢圓形
帶有底座的盤子盛裝，
插上威化餅乾……
這種特殊的感覺！！
在家裡通常辦不到，
所以大家才
會憧憬吧。

舞伎家的料理人

Maikosan chi no Makanai san

第10話 特別日的大餐

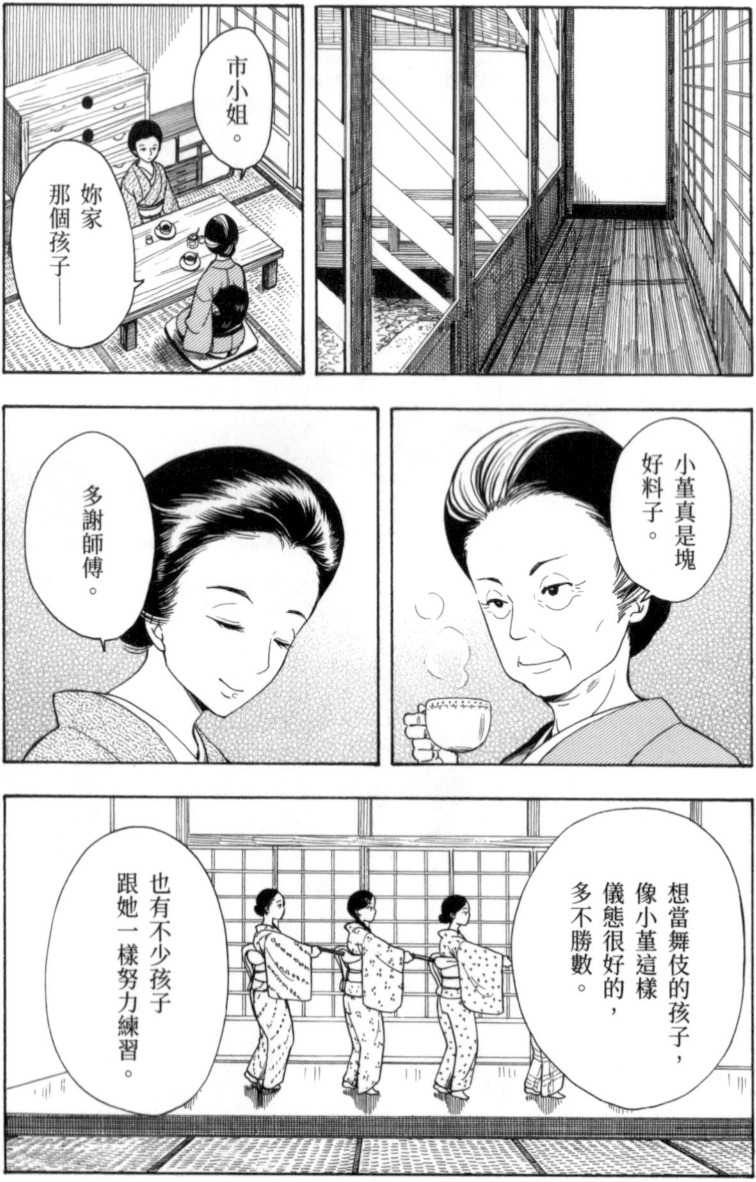
市小姐。
妳家那個孩子——
小菫真是塊好料子。
多謝師傅。
想當舞伎的孩子，像小菫這樣儀態很好的，多不勝數。
也有不少孩子跟她一樣努力練習。

只不過卻沒有人，
能像小堇這樣，對自己愈來愈嚴格。
不過，她對自己的嚴格有時候也會造成別人的困擾就是了。
師傅，能再看我跳一次嗎?!
拜託您了!
我要去廁所……
對不起……

打擾了。
我泡了新的咖啡。
剛才的咖啡很好喝。新請的幫手嗎？
這是不久之前還跟著師傅學的清依啊。
跟小事同期。
啊，是妳啊。那個笨拙的孩子。
已經想不起來了。
不好意思……
現在在我家當料理人。
少了這孩子做的飯，我們就活不下去啦。
喔——這麼厲害啊。

和妳同期的小堇，
那個孩子太厲害了。
說不定會成為百年一遇的舞伎呢。
點頭
點頭
點頭
點頭
真是個奇特的孩子。
不覺得不甘心嗎？
啊，這個好吃。
清依做的餅乾。
喔——真不錯。很好吃。

小堇，去吃午飯吧。
好的，姐姐。
但是我還要再練習一下今天學到的。
妳再這樣，又會忘記吃飯了！
搖晃
可是……
厲害了！今天的午飯……

※精力料理

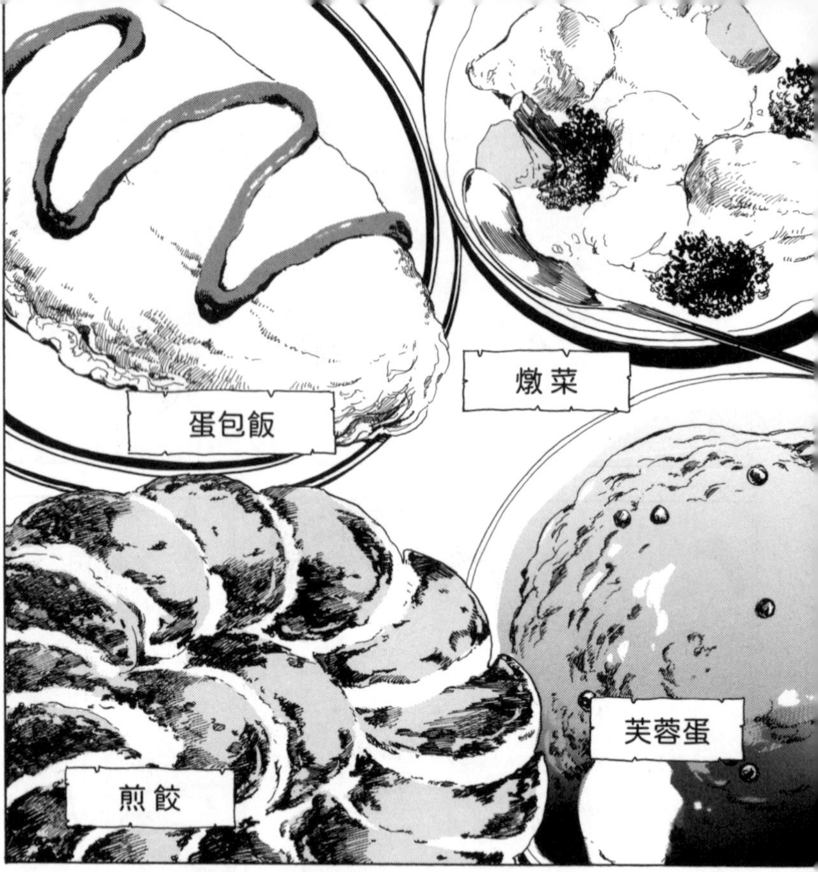
燉菜
蛋包飯
芙蓉蛋
煎餃

怎、怎麼這麼多菜啊？
通常吃不了這麼多吧？
還能再點喔。
咦，還有？
因為現在是關鍵時期，
不好好吃飯，沒有體力可是不行的。
什麼關鍵時期？
不知道啊……

真的吃不下了……
我也……
姐姐們，我先離開了。
嗯。
小菫又要去練習？
那孩子真的非常認真。
哇，姐姐快看小菫的碗盤！
哇，真的！
乾乾淨淨！全部都吃完啦！
很好！
兩個人都不知道適可而止是什麼意思……

小山家的私房料理 其2

所謂大餐……

小時候說到要全家出去吃飯，
小山家就是到常去的那家
拉麵店。現在已經關門了，
但那裡的拉麵跟煎餃，
現在還是我跟哥哥心目中的
「大餐」等級。

舞伎家的料理人

(Maikosan chi no Makanai san)

第11話 絕招料理

市家媽媽，早安。
哥哥，早安。
小堇，起得好早啊。已經要去練習了嗎？
是的。
路上小心。
謝謝您，我走了。
今天也很努力啊。
師傅也誇她是百年難見的人才。
若我現在還是男眾※……
都想幫忙打造小堇出道啊。

※京都祇園的舞伎社會中，為數極少的男性角色。由於舞伎的展演服裝相當沉重，穿著步驟也繁複，這些工作便由男眾來進行。

讓兒子
接我衣缽，
太早了啊……
什麼？
男眾不能這麼偏心
一個孩子吧。
說的也是。
男眾就是幫忙
藝伎和舞伎穿
衣梳妝打扮的
專業人士。
去每一間置屋※，
幫忙穿上重達
二十多公斤的服飾，
男眾是生活在
花街的，少數
職業男性之一。
雖然如此，
看見她
每天都這麼努力，
不由得
充滿期待啊。
嗯嗯……

※舞伎的養成所。茶屋舉辦宴席時，透過置屋安排舞伎登場獻藝。

小堇瘦了，妳很擔心吧？媽媽。
！
我不能叫她「別這麼努力」啊……
媽媽也是非常辛苦的工作呢。
怎麼……洗手間的燈泡又要換了嗎？
在花街男眾本就珍貴，能在屋形自由進出的就更少了。
不是，清依好像掉了什麼東西在冰箱後面……

哥哥，謝謝你。
請喝咖啡吧。
還有剛出爐的司康，請用。
多謝。
沒想到清依
會做飯啊。
之前當學徒幫忙著裝的時候，連順序都記不住。
先穿那個。
這個？
不是這個，是那個。
不好意思……

哥哥來幫了大忙。
掉在冰箱後面的是我跟圖書館借的書。
さくっと満腹メニュー100
《迅速飽腹食譜100》？
最近小菫好像連吃飯的時間都沒有。
所以我正在研究少量卻能補充體力的食譜。
………
喔。
這本食譜也很棒。
做法跟那本很像……
拍
拍
どさっ
砰咚
哎呀？

※迅速飽腹食譜100

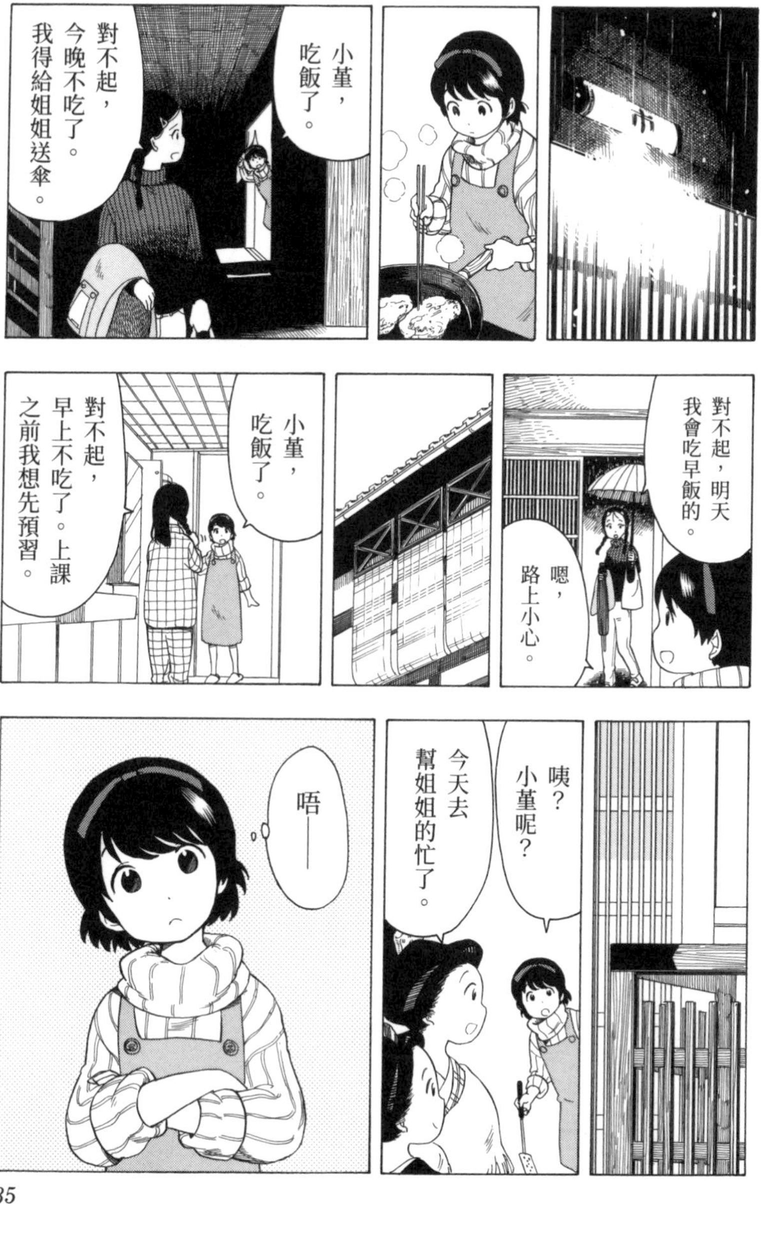
小菫，吃飯了。
對不起，今晚不吃了。我得給姐姐送傘。
對不起，明天我會吃早飯的。
嗯，路上小心。
小菫，吃飯了。
對不起，早上不吃了。上課之前我想先預習。
咦？小菫呢？
今天去幫姐姐的忙了。
唔——

清依。
哥哥。
今天又買了好多東西啊。
是的。媽媽說，偶爾也大家一起吃頓飯。
唔，這樣很好啊。
咦，那是小堇吧？
真的是。
喂，小堇!!

……？
！
唰
……
嘻嘻嘻。今天的飯有絕招喔。
喔。
小菫會在不知不覺中吃到很多的青森口味。
蔬菜跟花枝都切碎。
加上麵粉、鹽、砂糖和水，

炸得酥脆。
炸花枝餅
青森的下飯菜。隨個人口味，蘸醬汁、番茄醬、醬油等等。
有一點甜味，非常下飯喔。對了……
啊，要多煮一點白飯！
はっ
哥哥，對不起，我要去洗米、煮飯，馬上去！
啊，再見。
人生真是各有不同啊。

小山家的私房料理 其3

炸花枝餅

最煩惱的是要蘸什麼。
什麼都不蘸也很好……

舞伎家的料理人

(Maikosan chi no Makanai san)

第12話 睡不著的時候

據說會睡不著……
どんより
擔心
真是期待啊。
咦?!
一定很漂亮啊。
我出門了。
路上小心。
舞伎的髮髻是自己的頭髮。

第 12 話 ✿ 睡不著的時候

美容
一個星期才解開一次，然後重新梳理。（也只有那時候才洗髮。）
只要還是「舞伎」，就必須日夜都梳著髮髻生活。
拜託……
您了。
清依，肚子餓啦。
現在正在做晚飯呢。
太好了！
晚飯是這個？

呃，稀飯……？
咕嘟咕嘟
咕嘟咕嘟
我覺得一定吃不飽。
咕嚕嚕嚕嚕嚕嚕嚕
不是那個。晚飯是這個。
媽媽，打擾了。
小菫啊，進來。
我梳好頭髮了。

第 12 話 ✿ 睡不著的時候

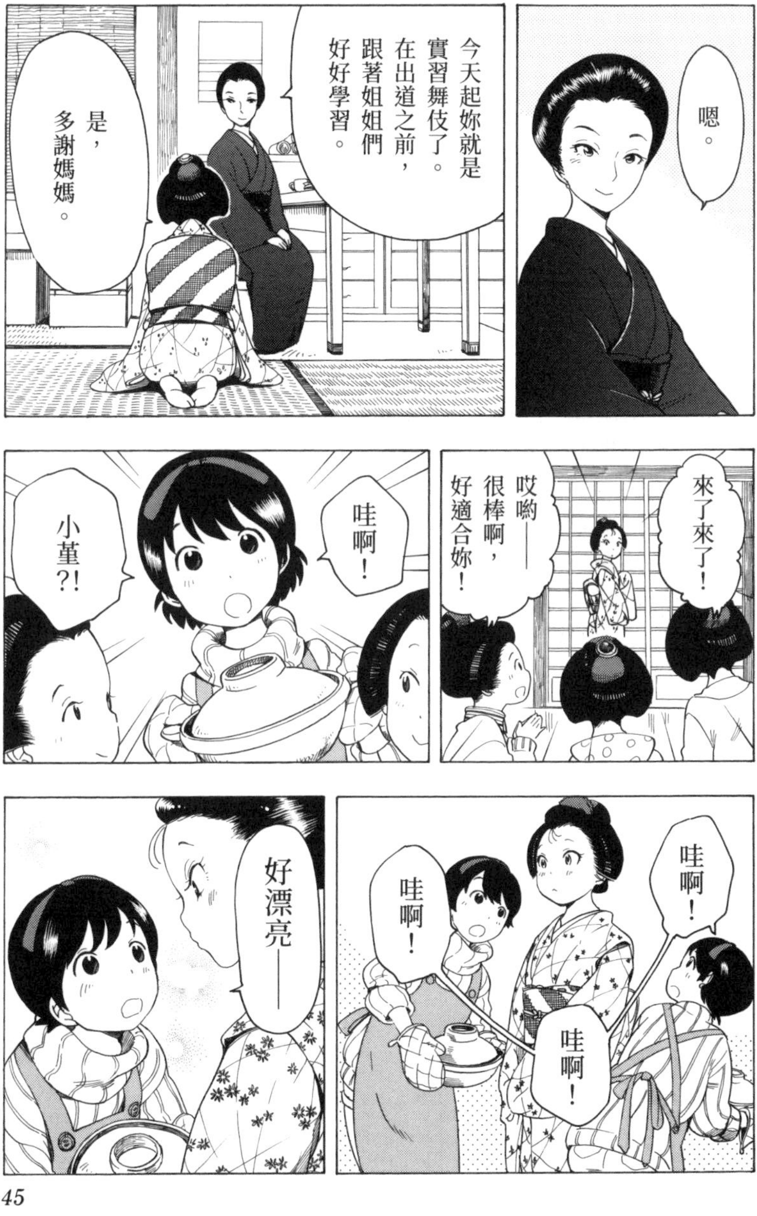
嗯。
今天起妳就是實習舞伎了。在出道之前，跟著姐姐們好好學習。
是，多謝媽媽。
來了來了！
哎喲——很棒啊，好適合妳！
哇啊！
小菫?!
哇啊！
哇啊！
哇啊！
好漂亮——

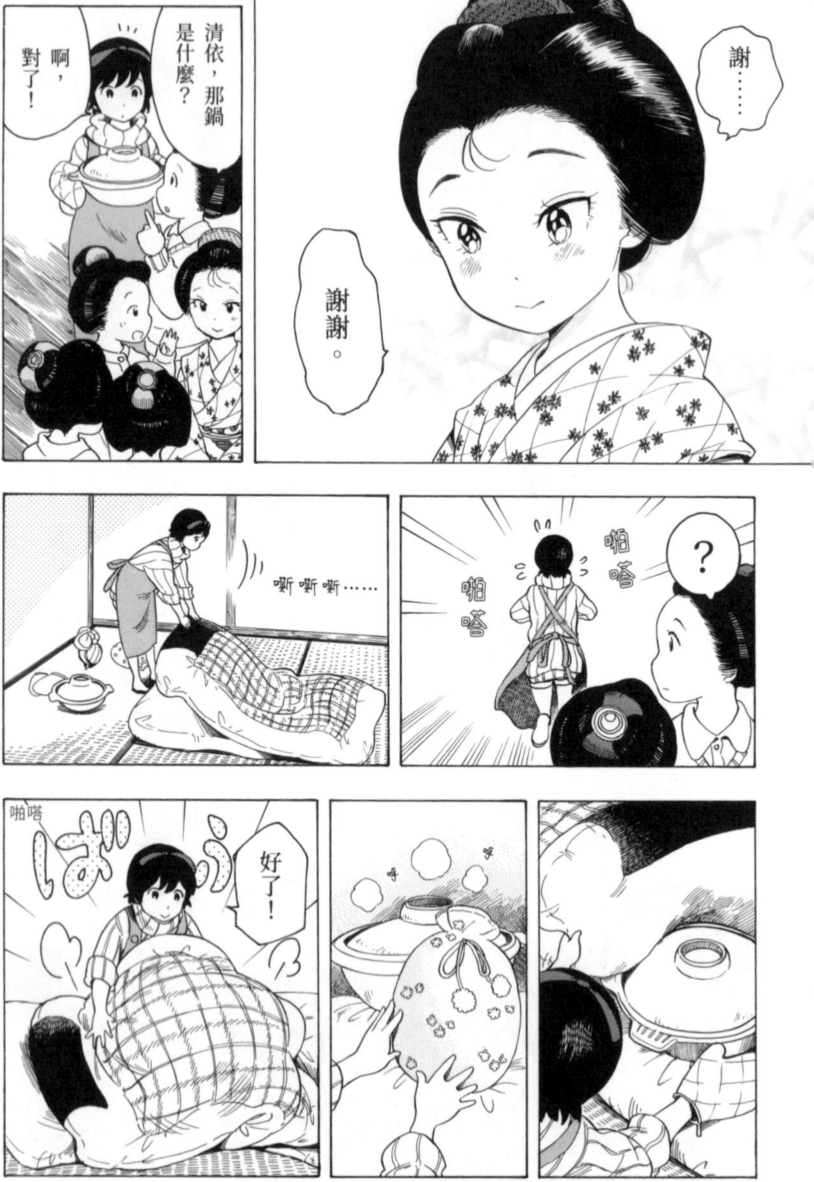
謝……
謝謝。
清依，那鍋是什麼？
啊，對了！
？
啪嗒
啪嗒
嘶嘶嘶……
好了！
啪嗒
ばふ
呼
呼

第 12 話 ✿ 睡不著的時候

姐姐，我先洗完澡了。
嗯，怎麼樣？
總算是沒有弄亂髮髻。
喔喔！
對了對了。
要把這個給妳。
從今天開始，這個就是小堇的枕頭啦。
!!
舞伎為了睡覺的時候不弄亂髮髻，
都睡在箱枕上。

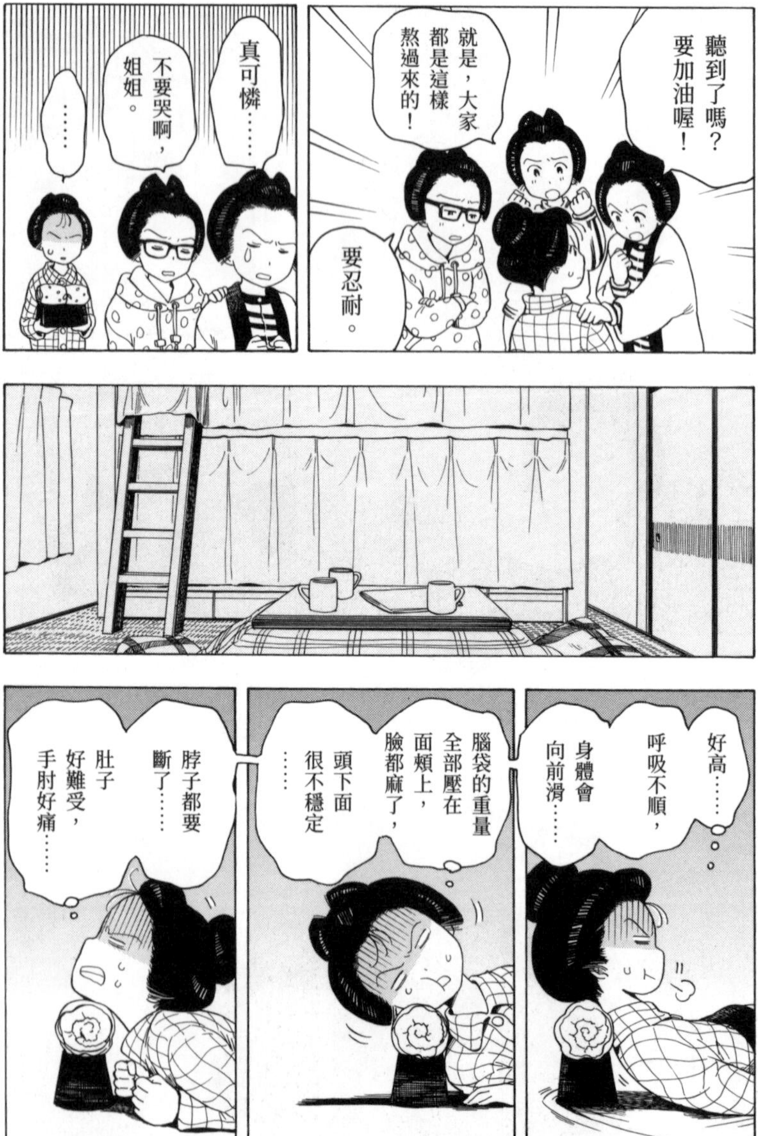
聽到了嗎？要加油喔！
就是，大家都是這樣熬過來的！
要忍耐。
真可憐……
不要哭啊，姐姐。
……
好高……
呼吸不順，
身體會向前滑……
腦袋的重量全部壓在面頰上，臉都麻了，
頭下面很不穩定……
脖子都要斷了……
肚子好難受，手肘好痛……

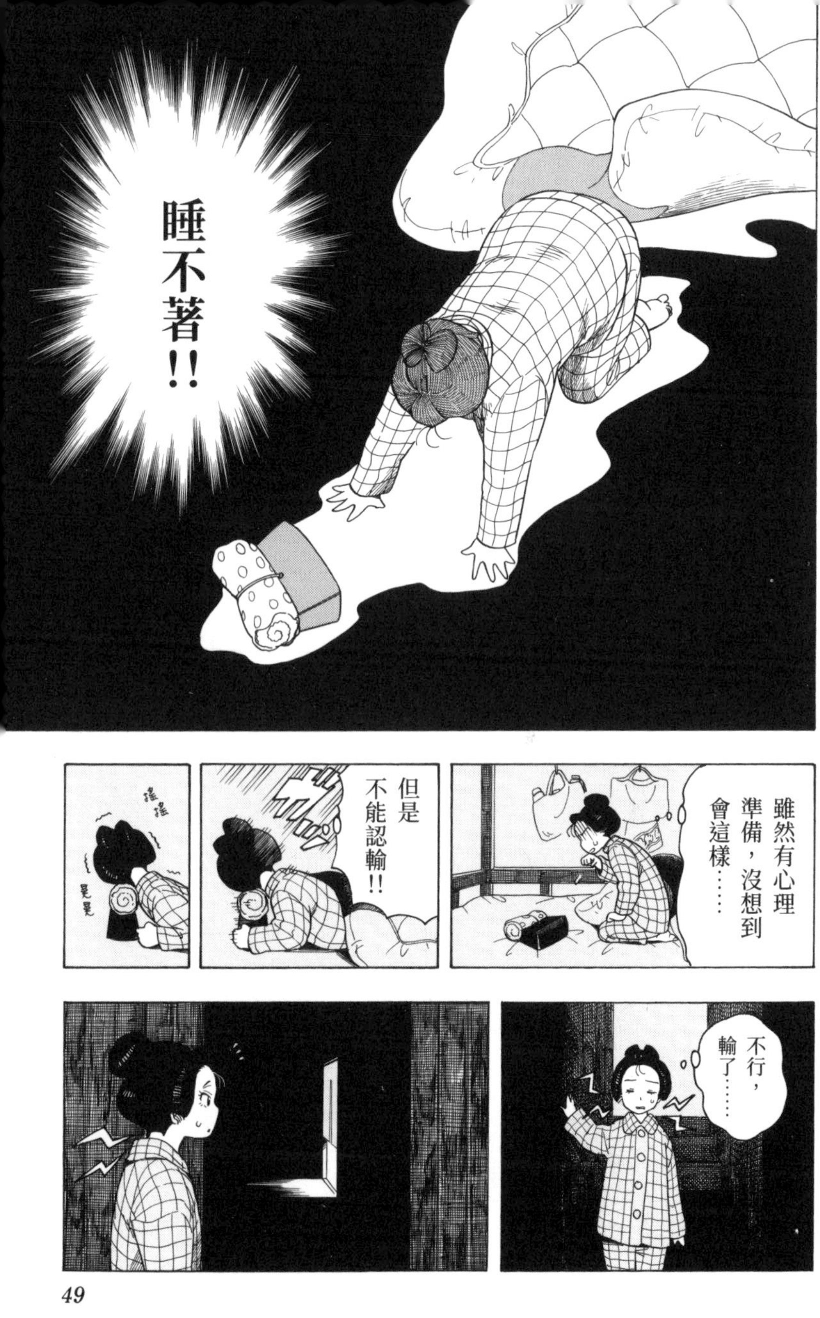
睡不著!!
雖然有心理準備，沒想到會這樣……
但是不能認輸!!
搖搖
晃晃
不行，輸了……

清依。
嗯，妳來啦！
我聽說大家第一天都睡不著，所以就試著做了這個。
甜酒
（白米跟米麴一起發酵做的。像砂糖一樣甜。）
暖暖肚子應該就能睡著了。
謝謝清依。
真的很暖和。
好甜～

小山家的私房料理 其4

甜酒

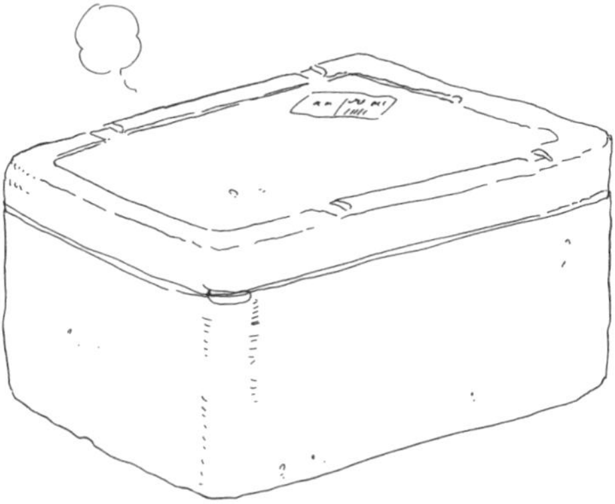

我會把鍋子用毛巾包好
放進保利龍盒子裡。
甜酒的酒粕我也很喜歡。

舞伎家的料理人

Maikosan chi no Makanai san

第13話

早就決定好的事

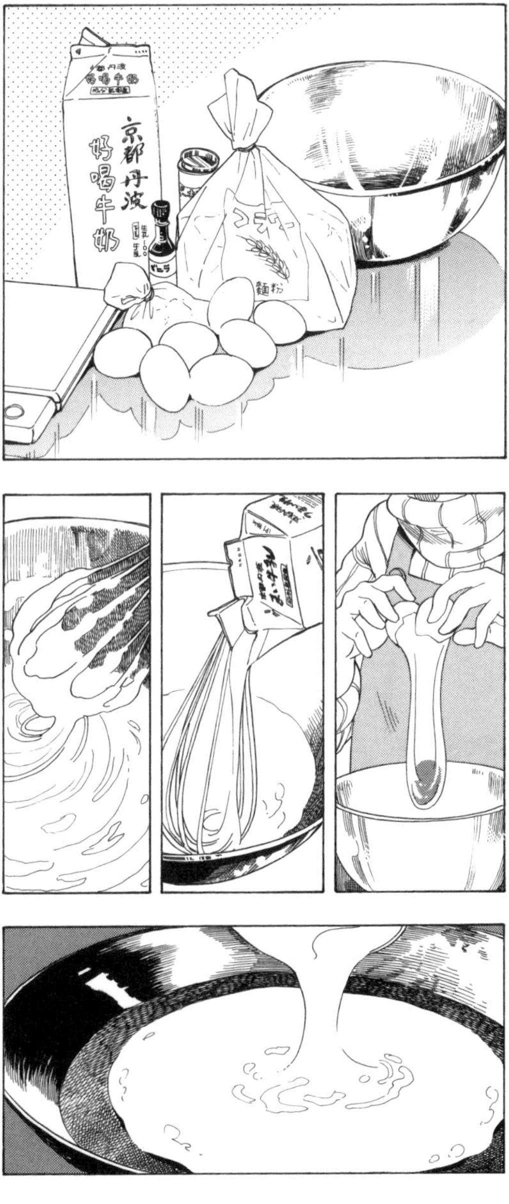

鬆餅
（不太厚也不太薄，鬆鬆軟軟。）
好了。
清依，我幫妳端菜吧。
小堇。
謝謝，不好意思。
沒關係。反正我也坐不住。
媽媽叫我吃完飯以後過去。

我的新名字
已經決定了。
舞伎出道叫做
「出店」，
決定之後，
要在宴席上用的
藝名，由屋形的
女主人決定。
藝名從照顧自己
的藝伎名字中
取一個字，
或在晴明神社
占卜決定。
晴明神社
用這個名字，
在花街
生存下去。

啊，等一下，等一下！
這個也拜託了。
蜂蜜
Honey
只有小堇不是楓糖漿，而是蜂蜜喔。
我覺得鬆餅一定要配蜂蜜才行。
從小就一直堅持這麼吃呢。
這是我一輩子的決定事項。

第 13 話 ✿ 早就決定好的事

好的。
我的名字叫做「堇」。
課題
「名字的意義」
意思跟三色堇的花語一樣，
期許自己能當一個「正直」的人。
好的，謝謝。
下一位。
……

我不喜歡「堇」這個名字。
為什麼？很適合小堇啊。
所以不喜歡。
因為要是有更好的名字，說不定就能成為更好的人啊。
清依有清澈的心。
健太有健康的身體。
你們倆，這樣就夠了嗎？
嗯？
名字什麼的無所謂啊。
太奇怪了！

——對了，
這樣很好。
百花很不錯喔。
是，多謝師傅。
市小姐，小菫自從改名叫「百花」之後，就更優雅啦。
是啊。
每天的言行舉止也慢慢在改變。
或許這就是名字的力量吧。

清依，我們幫妳端菜。
謝謝。
那這個拜託了。
小菫幫忙端那邊的？
好。
真是的，清依，不是「小菫」，是「百花」吧。
花街除了清依，已經沒有人喊那個名字了。
大家都稱讚她愈來愈符合「百花」的形象了。
對不起，對不起。
啊，等一下，這個也拜託了！

鬆餅要蘸
這個不是嗎？
蜂蜜
Honey
這是我一輩子
都不會改變的
決定事項呢。

小山家的私房料理 其5

鬆餅

早上，沒有準備麵包的時候，
大概都會做鬆餅。
我是楓糖漿派的。
奶油則是一層夾一片。

舞伎家的料理人

(Maikosan chi no Makanai san)

第14話

觀賞同樣的雪景

沙
啪

清依。
早安。
早安。小堇起好早啊。
啊不對，是百花。
聽到清依剷雪的聲音就醒了。
哎唷。
覺得很開心，就起來了。

我也幫忙吧。
嗯。
不行。只剩這把鏟子。
馬上就好了，我自己來吧。
外面很冷，妳進去吧。
喏——
可以在這裡看嗎？
？
好啊。

沙—
砰
沙—砰
沙—砰

沙—砰
沙—砰
沙—砰
沙—砰
沙—砰

第 12 話 ✿ 睡不著的時候

對不起，對不起，
聽到清依剷雪的聲音，
就忘記自己在哪裡了。
跟在青森時一樣的聲音。
清依的聲音。
？
那當然啊。

第 12 話 ❀ 睡不著的時候

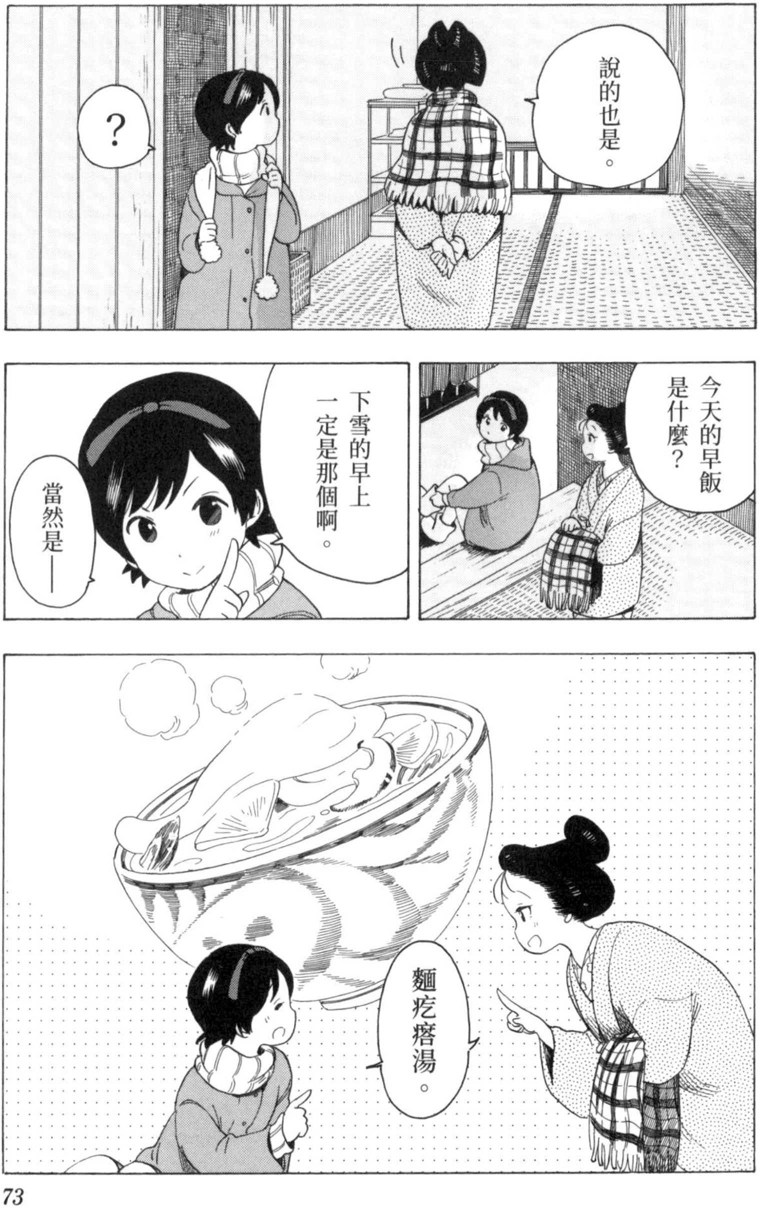
說的也是。
？
今天的早飯是什麼？
下雪的早上一定是那個啊。
當然是——
麵疙瘩湯。

好了。今天也讓小堇幫忙做飯吧！
好好。
啊，對不起，不是小堇。
是百花。
就只讓清依叫我小堇吧。
真的嗎？

小山家的私房料理 其6

麵疙瘩湯②

麵疙瘩麵團
發一晚上的時候，
都放在玄關。
没有鍋爐熱度的地方。

舞伎家的料理人

Maikosan chi no Makanai san

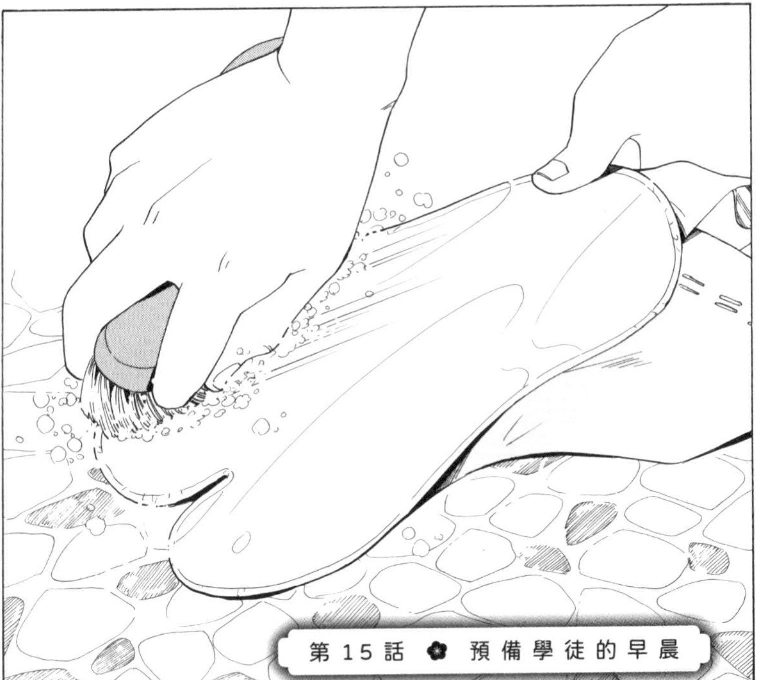
第15話 預備學徒的早晨

不好意思啊，清依。
百花從今天開始，要去茶屋實習。
預備學徒該做的家務沒有人做了。
明天會有歐巴桑來幫忙。
好的。
今天沒有要出去採購，沒關係的。
而且我喜歡做家務。
這樣啊。
清依當預備學徒的時候，不練習跳舞，反而家務做得很仔細……
不好意思……

第 15 話 ✿ 預備學徒的早晨

「預備學徒」
是在成為舞伎之前的修行階段。
照顧舞伎的生活起居之外，
洗衣、打掃、跑腿等屋形生活的雜務都要做。

早安。
早安。
你們家的百花小姐，今天開始去茶屋實習？
是的。
馬上就要出店啦。
百花小姐是同期裡第一個決定出店的。
我們的媽媽說的。
喔——這樣啊。
百花小姐果然很厲害啊。
我們同期的明星呢。
點頭
點頭

第 15 話 ✿ 預備學徒的早晨

哇，竟然在廚房以外的地方看見清依！
回來啦。
為什麼妳在打掃？
只有今天，替小堇做的。
啊，今天開始啊。百花去茶屋實習。
嗯。

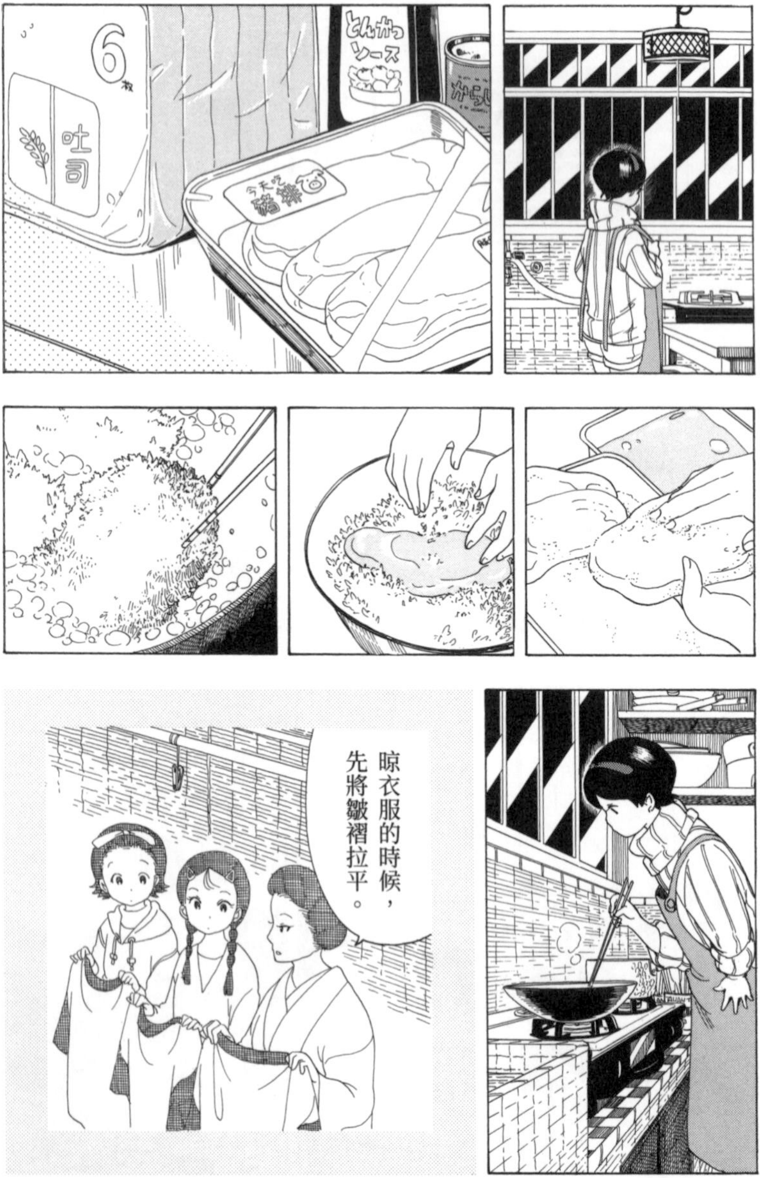
6
枚
吐司
とんかつ
ソース
今天吃
豬排
晾衣服的時候，先將皺褶拉平。

第 15 話 ✿ 預備學徒的早晨

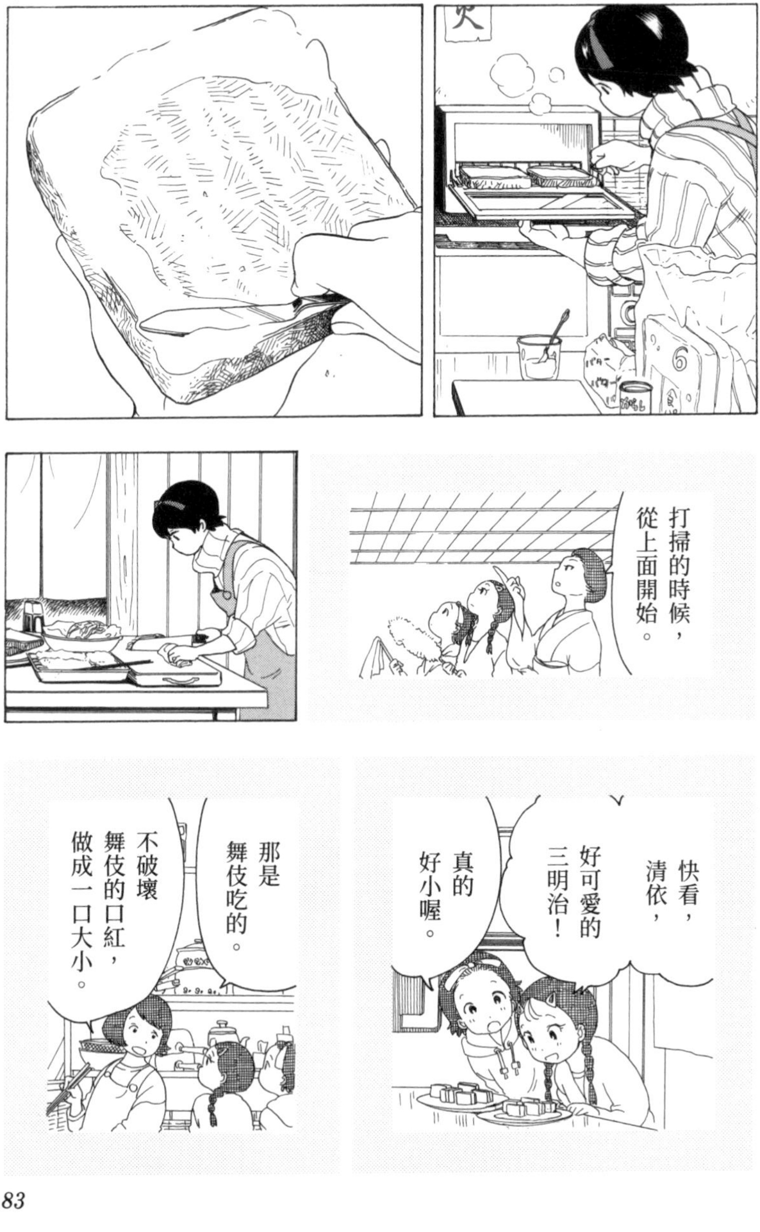
打掃的時候，從上面開始。
快看，清依，好可愛的三明治！
真的好小喔。
那是舞伎吃的。
不破壞舞伎的口紅，做成一口大小。

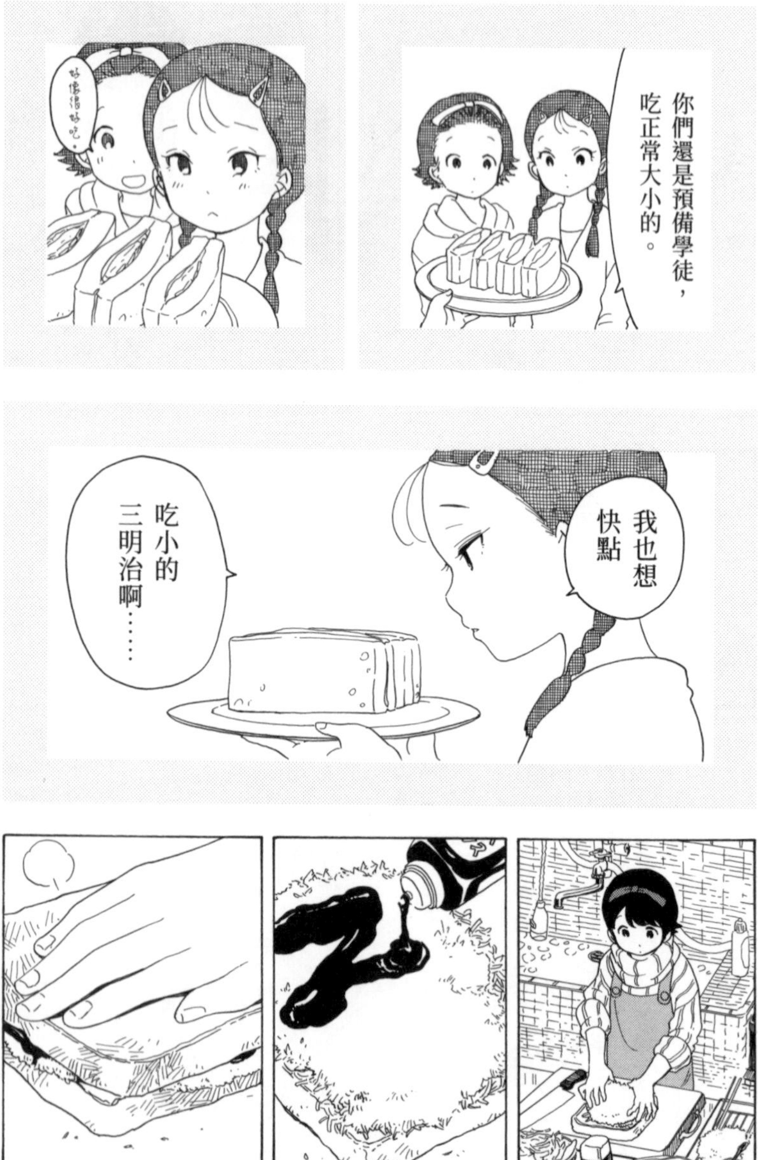
你們還是預備學徒，吃正常大小的。
好像很好吃。
我也想快點
吃小的三明治啊……

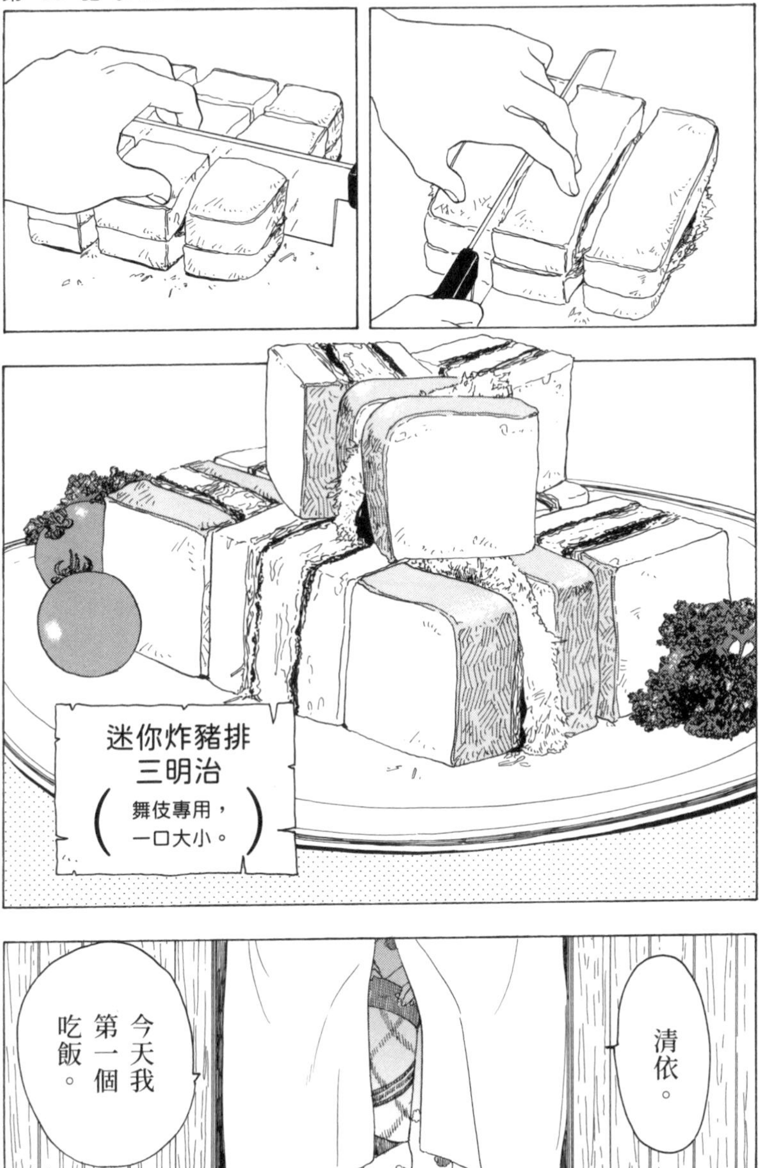
迷你炸豬排
三明治
（舞伎專用，一口大小。）
清依。
今天我第一個吃飯。

我開動了。
請用。

小山家的私房料理 其7

炸豬排三明治

光是炸豬排
不太加醬汁，
但做成三明治
就加很多醬。
剛炸好當然好吃，
但豬排三明治
冷了也一樣好吃。

舞伎家的料理人

(Maikosan chi no Makanai san)

第16話 ✿ 我想吃的東西

舞伎家的料理人

(Maikosan chi no Makanai san)

嗯……

今天的晚餐，
做什麼好呢？

清依，謝謝妳的咖啡。
好，杯子放水槽吧。
喏，大家晚餐想吃什麼？
義大利麵。
拉麵。
炸豬排。
百花想吃什麼？
我啊……
百花，媽媽叫妳。
好的，謝謝姐姐。
我想吃
炸雞。

嗯……
大家想吃的東西，都不一樣。
要是用冰箱裡現有的食材做，就是這個或者那個……
唔……
啊！乾脆，
做我自己想吃的東西吧。
我想吃的東西是……

百花小姐，添酒。
好的。
麻煩添酒。
好。

百花小姐，請端這個去。
好的。
咕嚕嚕嚕嚕嚕嚕
沒有吃晚飯嗎？
啊啊啊
因為今天很忙……
糟糕。剛才聊的話題……
晚餐想吃什麼？
炸雞。
讓我好想吃炸雞啊！
這應該是豪華料理，但在我看起來就像炸雞……

謝謝姐姐。
多謝。
呼～
是舞伎
肚子好餓……
好想
吃炸雞。
啊
我剛才是不是說出來了?!
糟、糟糕!!
現在就想吃到炸雞!
!

便利商店！
24 Mart
太好了！那裡應該有賣炸雞！
24 Mart
Hello welcome
FREE Wi-Fi
舞伎這身打扮，是不能去便利商店的。
咕嚕嚕嚕嚕嚕嚕
24 Mart
偶爾在休息的日子，解開髮髻，穿著便服的時候，才能去便利商店那種地方。

小堇，回來啦。
清依。
幫妳留了晚飯。要吃嗎？
嗯。所以妳一直等我到這麼晚？
今天做了不適合久放的菜色。
因為我無論如何都想吃啊。

低筋麵粉
粉
當心用火
滋啊啊啊啊啊啊
呼……
清依特地替我做了晚飯。
絕對不可以只想著吃炸雞。
清依我來了。

炸雞
（回鍋炸得酥脆，深夜加上迷人的美乃滋。）
我，我開動了！
請。
同時想吃同樣的東西……
好像一家人。
看著就又想吃了，炸雞。

小山家的私房料理 其8

炸雞

做炸雞的話都會邊做邊吃，
所以我的廚房是這樣的。
對了，是不是只有小山家
把吸油紙放在烤魚架上啊？

舞伎家的料理人

(Maikosan chi no Makanai san)

第17話 實習舞伎之夜

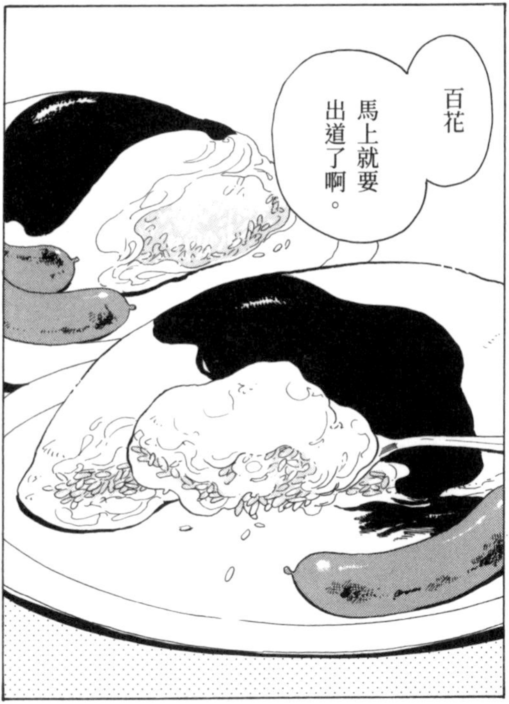

在此之前都是
繫著半垂帶的實習生，
有些地方就放妳一馬，
綁上垂帶之後，
就不能放水了。
不發憤努力是不行的。
是，姐姐。
半垂帶是舞伎
出道前
在實習期間
繫腰帶的方式。
跟舞伎繫的
下垂腰帶比，
只有一半長度，
很容易區分。
實習舞伎
舞伎
垂帶
半垂帶

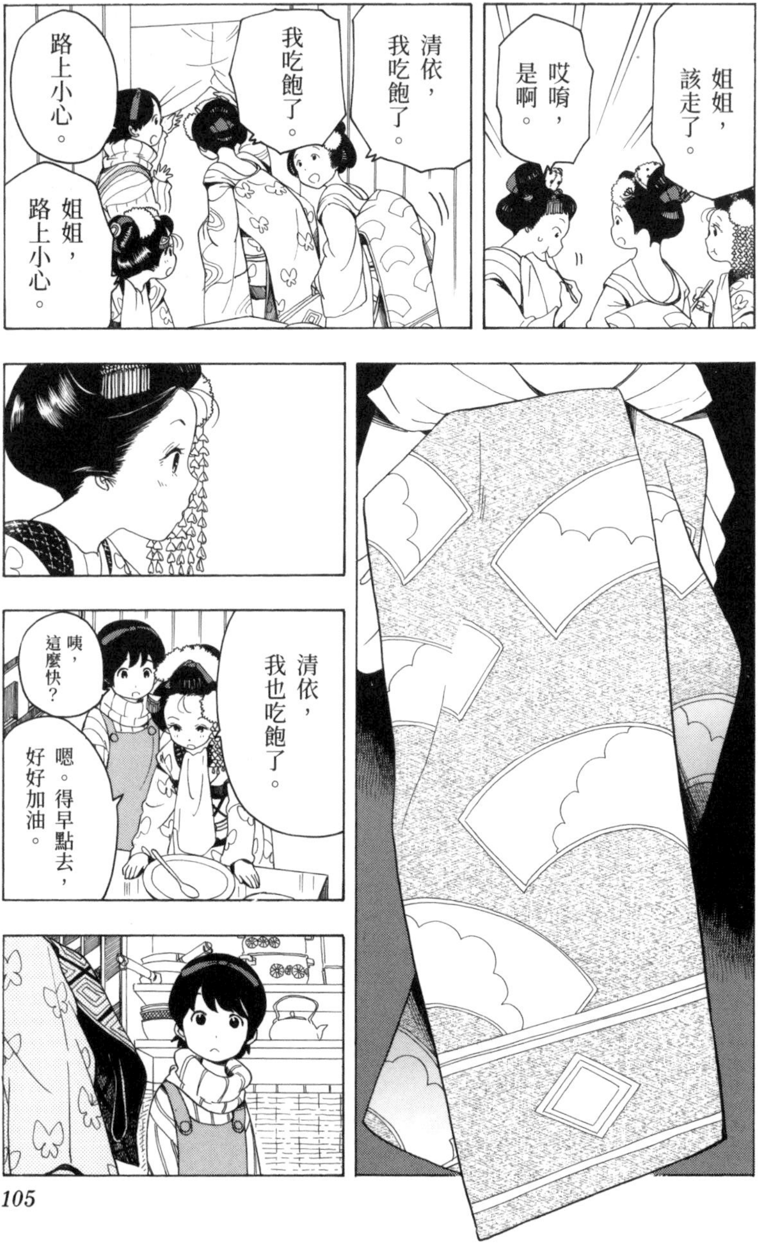
姐姐，該走了。
哎唷，是啊。
清依，我吃飽了。
我吃飽了。
路上小心。
姐姐，路上小心。
清依，我也吃飽了。
咦，這麼快？
嗯。得早點去，好好加油。

餅乾
（不加巧克力
也不加堅果，
單純的口味。）
焼海苔

填肚子零食
歡迎回來！
好了。
清依。
媽媽。
百花參加的宴席已經結束了，
但她還沒回來。

舞伎
沒有手機。
所以宴會
結束後，
會跟茶屋借電話，
跟屋形聯絡。

屋形用這個方法
掌握每個舞伎的行蹤。
百花參加的宴會就在附近的茶屋，
五分鐘就能回來的……
小堇，
到哪裡去了啊。
24Mart
啪噠

辰巳大明神
辰巳大明神
半垂帯……

小菫！
啪嗒
啪嗒
啊。
只是想去拜一下稻荷大神而已，所以沒有聯絡……
結果拖了很久。

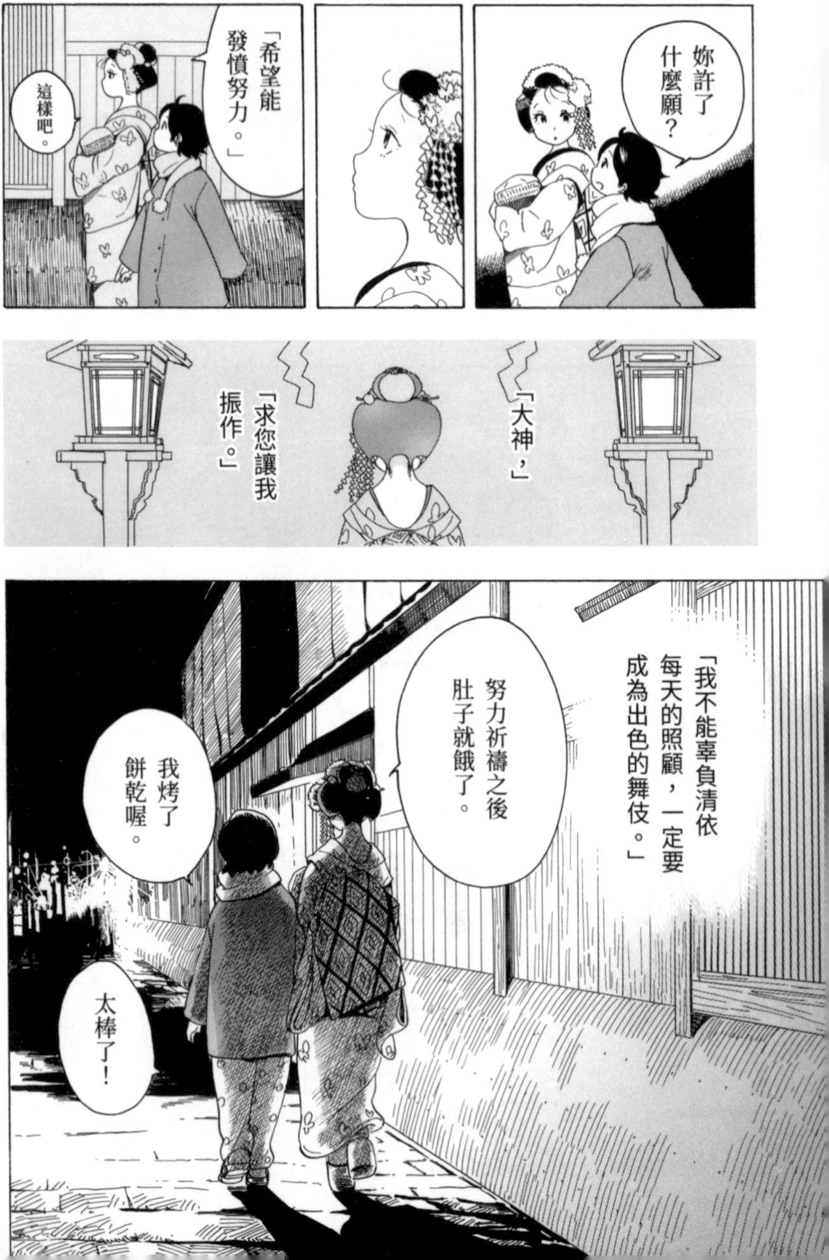
妳許了什麼願？
「希望能發憤努力。」
這樣吧。
「大神，」
「求您讓我振作。」
「我不能辜負清依每天的照顧，一定要成為出色的舞伎。」
努力祈禱之後肚子就餓了。
我烤了餅乾喔。
太棒了！

小山家的私房料理 其9

餅乾

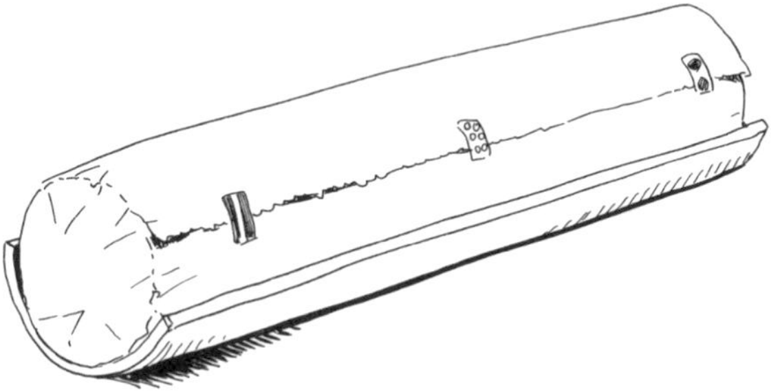

把麵團這樣
放進冷凍庫裡，
想吃的時候
切下要吃的份量，
泡咖啡的時候
就用烤箱烤。
我最喜歡什麼
也不加的奶油餅乾。

舞伎家的料理人

(Maikosan chi no Makanai san)

第18話 出店的日子

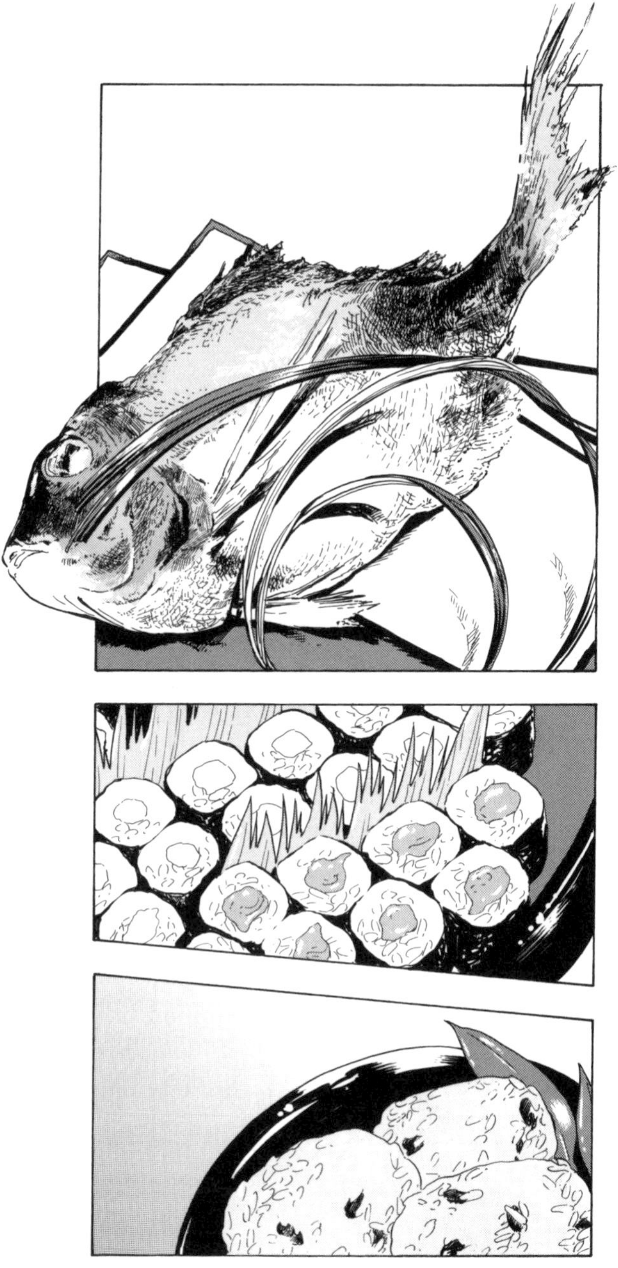

今天是百花出店的日子。
所謂出店，就是從實習舞伎畢業了，
以正式舞伎的身分出道的意思。
新舞伎誕生，是花街全體的大喜事，
打擾，恭喜了。

這一天會有許多人進進出出。
慶賀的餐點，招待客人的箱壽司都叫外賣，
不好意思，追加五份。
是，拜託了！
本來以為
廚房很清閒——
清依。

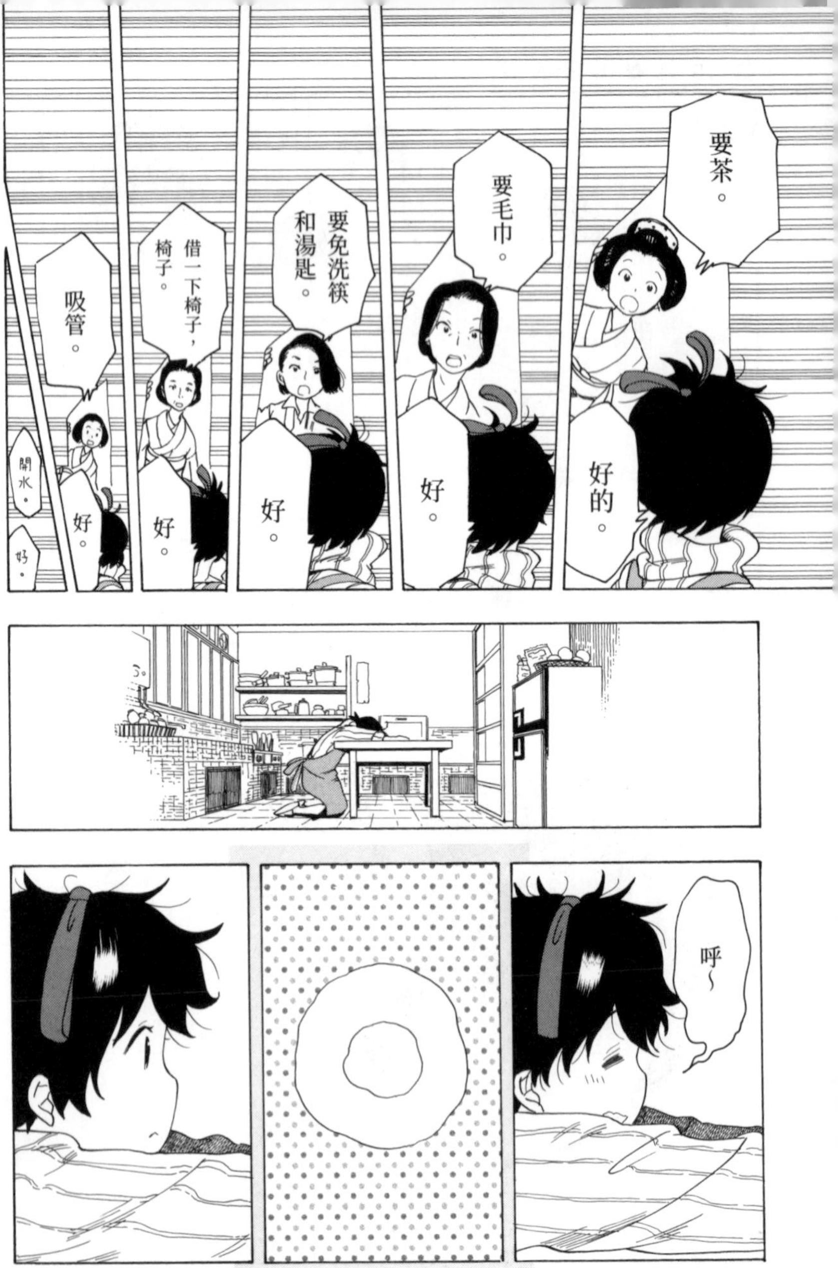
要茶。
好的。
要毛巾。
好。
要免洗筷和湯匙。
好。
借一下椅子，椅子。
好。
吸管。
好。
開水。
好。
呼~

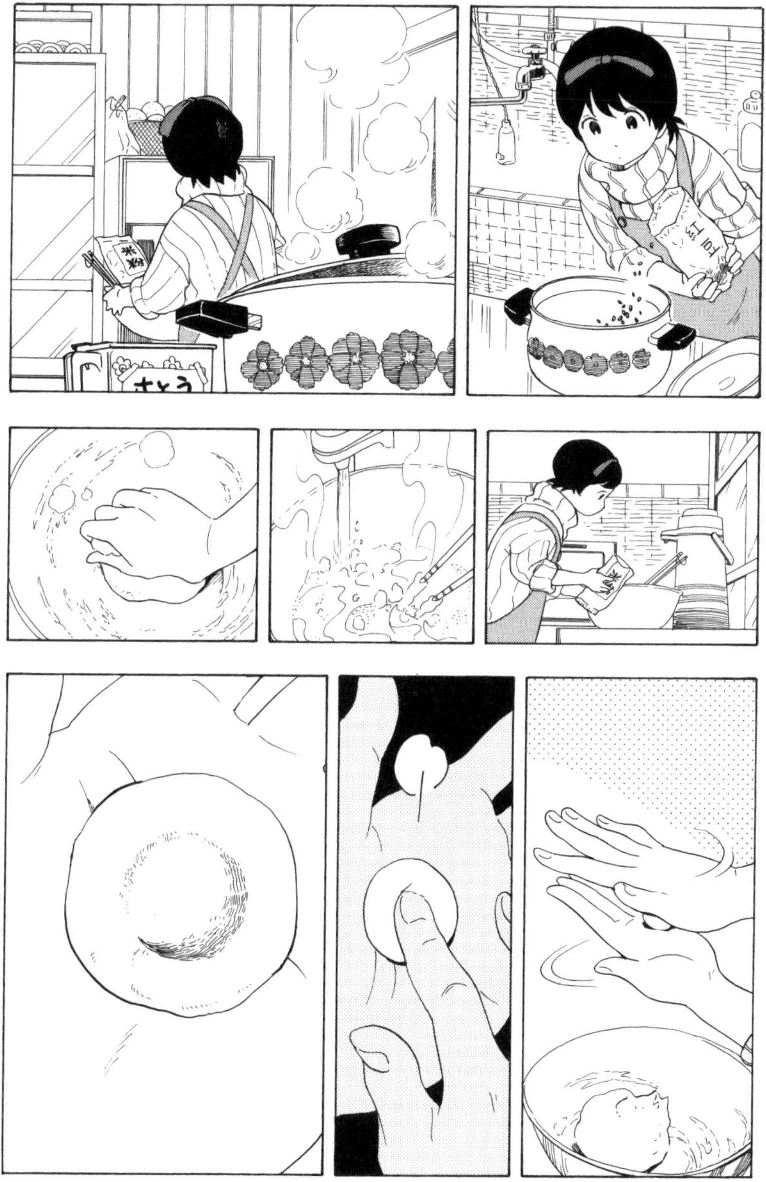
米粉
さとう

清依。
哎唷，小菫。
有好多美食，吃了嗎？
根本沒有坐下來的時間。
餓死了……
我剛剛說要去洗手間才溜過來的，馬上就得回去。
被好多人包圍，
覺得原本熟悉的人也變陌生了。

會沾上粉!!
啪
妳在做什麼?
這個?
看見很多人,就想吃這個。
真是的—
紅豆丸子湯
(青森的鄉土甜點。好日子吃的紅豆湯。)
哇啊,好懷念。
大家在一起的時候常常吃這個呢。

對啊對啊。健太家插秧結束時也吃。
就是想吃這個所以去幫忙呢。
還有去仙台上大學的鄰居姐姐放暑假回來的時候。
長內先生家的姐姐吧？嗚啊，好懷念喔。
有好多不認識的大人和小孩。
對啊對啊，連坐的地方都沒有呢。
還跟阿嬤和阿姨一起在廚房站著吃呢。
對啊對啊——

咔
咔
我出門了。
啪喳
啪喳
啪喳

小山家的私房料理 其10

紅豆

有事沒事
就煮紅豆。
煮的時候紅豆的香味真是太棒了。

除了當甜點，
也會和南瓜
和地瓜一起燉。

舞伎家的料理人

(Maikosan chi no Makanai san)

第19話

✽ 憂慮的時候吃什麼

誰啊？
百花啊，百花。
清依，最近跟百花說過話嗎？
沒有。小菫好像一直很忙，也沒來廚房。
嘶嘶
從出店那天開始，就一直去各種宴會演出啊。

她一定很辛苦。
上次我還看見她連衣服都沒換，
……
驚
呆呆地站在玄關前面。
我也，
哎……嘿咻。
聽到她發出像老太太的聲音。
那位百花嗎？
不要啊
人家
之前也……

京都
多雲小雨、
舞鶴
晴天陣雨。
大津也是
晴天陣雨、
彦根是
多雲小雨。
接下來是
全國天氣。
呼
北日本和
北陸
下雪——
很嚴重啊～
得想點
辦法……

憂慮的時候，
憂慮的時候。
要是我的話……
想吃非常好吃的東西。
這個……我同意。
握…
我也是。
喀啦…
喀啦…
對吧。
好，去問大家「非常好吃的東西」是什麼。
啪嗒
啪嗒
好！

哇——
好像很好吃！
百花，百花，
等一下！
什麼事？
妳最近忙翻了吧？
所以大家蒐集了「非常好吃的東西」。

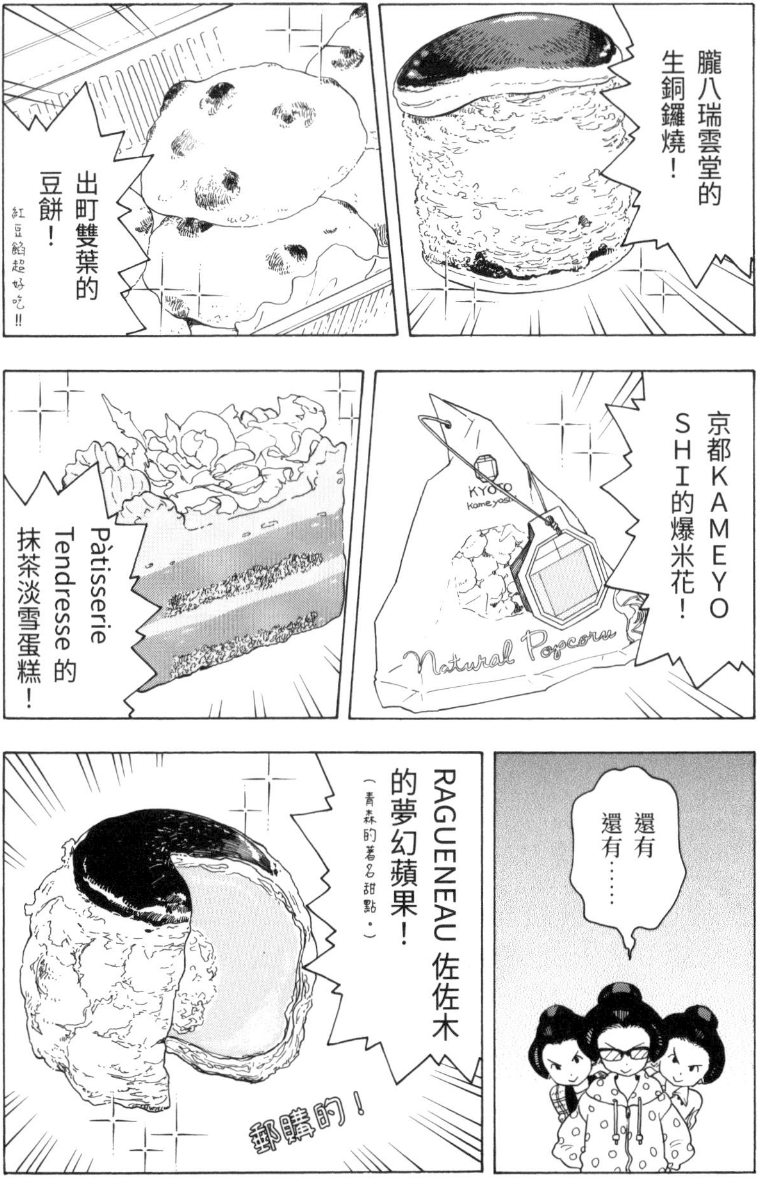
朧八瑞雲堂的生銅鑼燒！
出町雙葉的豆餅！
紅豆餡超好吃!!
京都KAMEYOSHI的爆米花！
KYOTO
kameyoshi
Natural Popcorn
Pàtisserie Tendresse 的抹茶淡雪蛋糕！
還有還有……
RAGUENEAU 佐佐木的夢幻蘋果！
（青森的著名甜點。）
郵購的！

啊啊——看起來好好吃……
姐姐，等一下！
百花要吃哪個？全部吃掉也可以喔。
我不餓，就不用了。
不好意思。
啊啊啊……
讓姐姐們擔心了。
疲態都露出來了……

不配當專業人士。
……
要是連清依也發現了的話……
…
嗚哇！
哐噹
！
咦，小堇？
※柴魚片

今天晚餐吃什麼？
炒麵。
炒麵
（普通醬汁口味的炒麵。）
試吃一下。
嗯。
熟悉的味道。
我幫妳分盤吧。
啊，這盤比較多。
那是我的。
不可以這樣。
騙妳的，是姐姐的。
那也不可以。
怎麼，心情很好啊。
真是，害人擔心。
姐姐妳在吃什麼?!

—— 舞伎家的料理人2 完 ——

小山家的私房料理 其11

炒麵

不知怎地
炒麵有星期六的感覺。
中午從學校回來，在廚房的桌子上吃。
隨便加冰箱裡的食材就很好吃。
不煮飯也沒關係，馬上就能開動。
媽媽端出炒麵時總會說因為這樣那樣……
但反正我很喜歡。

舞伎家的料理人

(Maikosan chi no Makanai san)

附記

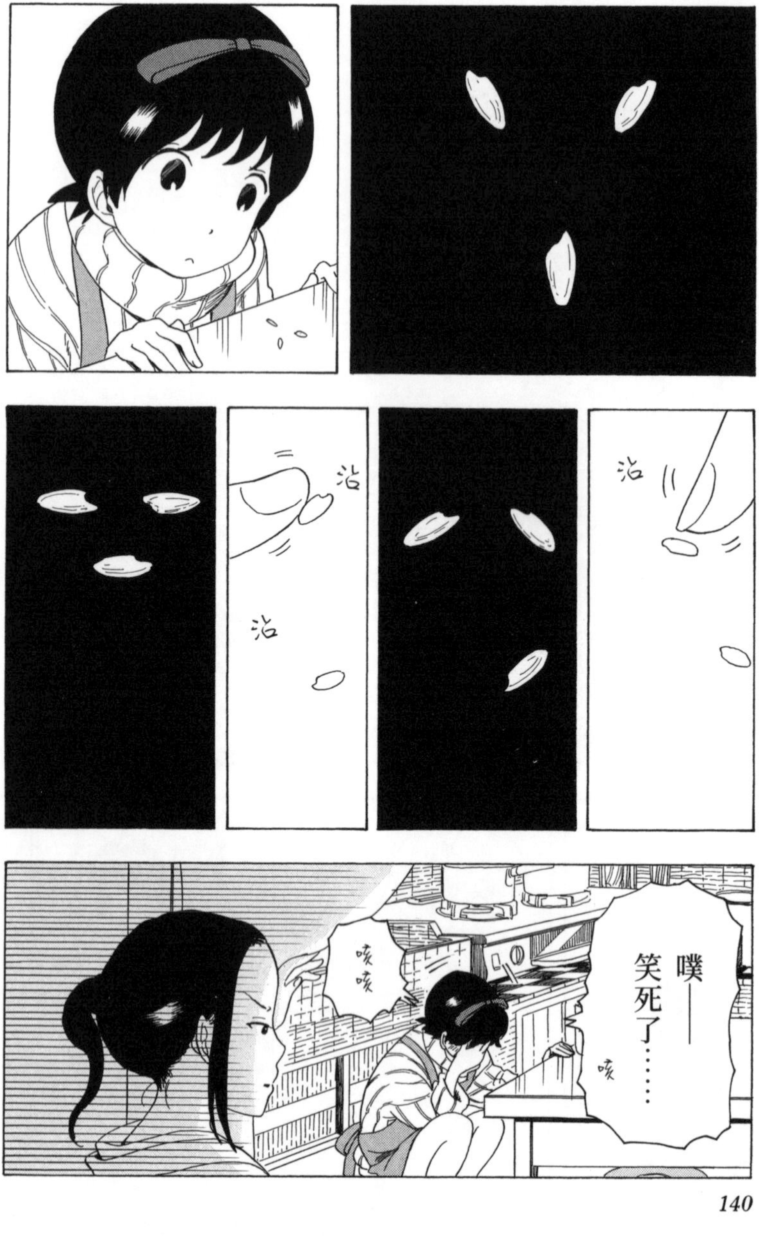
沾
沾
沾
噗——笑死了……
咳
咳咳

媽媽。
來到京都
至少新年的時候，做點像媽媽會做的事情。
第一次過新年。
送女兒們出門的早餐。
雜煮
（放頭芋和白味噌的麻糬雜煮。）
清依和小菫回到青森。

怎麼，小菫，清依在那邊怎麼樣啦？
什麼怎麼樣，就是煮飯而已。
嗯。
和等著她們的阿嬤
清依啊——
健太一起過新年。
在那邊也是清依。
？
那麼，今年也請多多關照。
請多關照。
雜煮（清依家的版本）
（放雞肉、牛蒡、紅蘿蔔的醬油湯底，加上鹹鹹甜甜的核桃泥。非常順口。）
能回的家，成了兩個。

第❸集敬請期待！

YY0402C

舞伎家的料理人2

舞妓さんちのまかないさん2

作者

小山愛子

漫畫家，出生於青森縣，二〇〇一年正式在漫畫界出道。二〇一六年，開啟《舞伎家的料理人》的連載，該作於二〇二〇年榮獲第65屆「小學館漫畫獎」。代表作品包括《綺蘿莉》、《勤勞的漸強音》（勤労クレシェンド）等。

譯者

丁世佳

以文字轉換糊口已逾半生，除《深夜食堂》、《舞伎家的料理人》外，尚有英日文譯作散見各大書店。近日重操舊業，再度邁入有聲領域，敬請期待新作。

原書設計　德重甫+Bay Bridge Studio
企畫協力　三枝桃子
標準字設計　張添威
版面構成　張添威
內頁排版　呂昀禾
行銷企劃　黃蕾玲、陳彥廷
主　編　詹修蘋
責任編輯　李家騏
版權負責　李家騏
副總編輯　梁心愉

初版一刷　二〇二四年四月一日
定價　新臺幣二〇〇元

ThinKingDom 新經典文化
發行人　葉美瑤
出版　新經典圖文傳播有限公司
地址　臺北市中正區重慶南路一段五七號一一樓之四
電話　02-2331-1830　傳真　02-2331-1831
讀者服務信箱　thinkingdomtw@gmail.com

總經銷　高寶書版集團
地址　臺北市內湖區洲子街八八號三樓
電話　02-2799-2788　傳真　02-2799-0909
海外總經銷　時報文化出版企業股份有限公司
地址　桃園市龜山區萬壽路二段三五一號
電話　02-2306-6842　傳真　02-2304-9301

舞伎家的料理人 / 小山愛子作；丁世佳譯. --
初版. -- 臺北市：新經典圖文傳播有限公司,
2024.4.1-
144面；12.7 X 18公分
ISBN 978-626-7421-20-8（第2冊：平裝）
EISBN 978-626-7421-17-8
EAN 978-002-0240-54-9